AMÉLIE,

COMÉDIE-VAUDEVILLE EN DEUX ACTES.

ACTE Ier.

Le théâtre représente à droite, au premier plan, le pavillon d'un château. Le lieu où la scène se passe est une terrasse qui donne sur la grand' route; la terrasse est située obliquement, depuis l'avant-scène jusqu'au fond du théâtre. Le parapet qui la borne est surmonté d'un treillage qui forme des arcades, à travers lesquelles on voit la campagne. Sous chaque arcade est un pot de fleurs. Au premier étage du pavillon, sur le côté, est une fenêtre avec un balcon, garni au pourtour de jalousies ou de persiennes.

SCÈNE PREMIÈRE.

GASPARD, *seul et regardant sur le bord de la terrasse.*

Rien encore!.. C'est agréable pourtant un château placé sur le bord du grand chemin... j'aime ça, moi... de c'te terrasse je vois tous ceux qui vont et viennent... avec ça que la route est fréquentée... c'est la plus belle pour aller à Nevers. . j' m'amuse surtout à regarder les diligences qui passent, y en a-t-il à présent! Y en a-t-il! Et de toutes les façons?

Air : *Comme faisaient nos pères.*

Autrefois on voyageait mal
Dans de grosses voitures,
Ben pesantes, ben dures,
Qui fatiguaient l'homme et l' cheval.
Grâce à la mode,
C'est pas commode,
Oui, d'puis la mode,
C'est vraiment pus commode.
Les voyageurs sont mieux traités,
Mieux suspendus, moins cahottés,
Maint'nant on n' voit, on n' voit de tous côtés
Que des célérifères,
Ou des vélocifères...
Qui valent bien les pataches d' nos pères.

(*Il regarde encore*). C'est singulier qu'ils ne viennent pas encore... si j'avais une longue vue...

AMÉLIE,

OU

LE CHAPITRE DES CONTRARIÉTÉS,

COMÉDIE-VAUDEVILLE EN DEUX ACTES,

Par M. SEWRIN;

REPRÉSENTÉE, POUR LA PREMIÈRE FOIS, A PARIS, SUR LE THÉATRE
DU VAUDEVILLE, LE 2 JUILLET 1822.

Prix : 1 fr. 50 c.

PARIS,

CHEZ QUOY, LIBRAIRE,

ÉDITEUR DE PIÈCES DE THÉATRE,

Boulevard Saint-Martin, N°. 18.

1822.

PERSONNAGES. ACTEURS.

M. DE SAINT-CÉRAN, colonel d'un ré-
giment de lanciers.. . . . . M. *Gobert.*

ÉDOUARD DE TILMONT, capitaine
au même régiment. . . . . M. *Armand.*

GASPARD, jardinier, ancien lancier. . M. *Guillemin.*

AMÉLIE, femme d'Édouard. . . . . . Mᴵˡᵉ. *Clara.*

ERNESTINE DE BLANVAL, jeune
veuve, recherchée par le colonel de
Saint-Céran.. . . . . Mᴵˡᵉ. *Victorine.*

Mᵐᵉ. DE BELLEMARRE, tante d'Amélie. Mᵐᵉ. *Guillemin.*

SUZANNE, femme de chambre d'Amélie. Mᵐᵉ. *Closel.*

Un Brigadier de lanciers.. . . . . . , . . M. *René.*

Chœur de villageois et de villageoises.

---

*La scène se passe au château de Tilmont, situé
sur la grande route, à trois lieues de Nevers.*

A V I S.

Les Pièces de Théâtre que je fais imprimer devenant ma pro-
priété, par la cession que m'en font les Auteurs, je déclare que je
poursuivrai, comme contrefacteurs, toutes personnes qui, sans mon
autorisation formelle, feraient imprimer parties ou tout des sus-
dites Pièces.   QUOY.

De l'Imprimerie de Nouzou, rue de Cléry, Nᵒ. 9.

AMÉLIE,

COMÉDIE-VAUDEVILLE EN DEUX ACTES.

ACTE Ier.

Le théâtre représente à droite, au premier plan, le pavillon d'un château. Le lieu où la scène se passe est une terrasse qui donne sur la grand' route; la terrasse est située obliquement, depuis l'avant-scène jusqu'au fond du théâtre. Le parapet qui la borne est surmonté d'un treillage qui forme des arcades, à travers lesquelles on voit la campagne. Sous chaque arcade est un pot de fleurs. Au premier étage du pavillon, sur le côté, est une fenêtre avec un balcon, garni au pourtour de jalousies ou de persiennes.

SCÈNE PREMIÈRE.

GASPARD, *seul et regardant sur le bord de la terrasse.*

Rien encore!.. C'est agréable pourtant un château placé sur le bord du grand chemin... j'aime ça, moi... de c'te terrasse je vois tous ceux qui vont et viennent... avec ça que la route est fréquentée... c'est la plus belle pour aller à Nevers. . j' m'amuse surtout à regarder les diligences qui passent, y en a-t-il à présent! Y en a-t-il! Et de toutes les façons?

Air : *Comme faisaient nos pères.*

> Autrefois on voyageait mal
> Dans de grosses voitures,
> Ben pesantes, ben dures,
> Qui fatiguaient l'homme et l' cheval.
> Grâce à la mode,
> C'est pus commode,
> Oui, d'puis la mode,
> C'est vraiment pus commode.
> Les voyageurs sont mieux traités,
> Mieux suspendus, moins cahottés,
> Maint'nant on n' voit, on n' voit de tous côtés
> Que des célérifères,
> Ou des vélocifères...
> Qui valent bien les pataches d' nos pères.

(*Il regarde encore*). C'est singulier qu'ils ne viennent pas encore... si j'avais une longue vue...

SCÈNE II.

GASPARD, SUZANNE.

SUZANNE, *sortant du pavillon.*

Qu'est-ce que vous regardez là, monsieur Gaspard?..

GASPARD.

Ah! c'est vous, mamselle Suzanne... venez donc ici... dites-moi un peu, vous qui avez de bons yeux, si vous n' voyez rien venir de loin.

SUZANNE.

Non.

GASPARD.

Vous n' voyez pas des armes qui brillent, là bas, là bas... et des plumets blancs.

SUZANNE.

Des armes! des plumets! non.

GASPARD.

C'est drôle. Cependant ils n' doivent pas tarder, s'il est vrai qu'ils vont à Nevers ce soir.

SUZANNE.

Qui?

GASPARD.

Qui! faites donc l'étonnée. Est-ce qu'on ne sait pas que l' régiment de lanciers, où est l' mari de not' jeune maîtresse, change de garnison, qu'il est parti, il y a cinq six jours, de Lunéville, qu'il doit arriver ce soir à Nevers par c'te route là...

SUZANNE, *riant.*

C'est vrai.

GASPARD.

Et qu' nous verrons not' brave maître, monsieur l' capitaine Édouard, passer à c' matin devant l' château, à la tête de sa compagnie!

SUZANNE.

Oui, et madame espère bien qu'il s'arrêtera ici quelque temps. Elle est aujourd'hui d'une gaîté!..

GASPARD.

C'est si naturel!.. Et moi, donc? mon ancien régiment! Vous n' l'avez jamais vu, mamselle Suzanne?

SUZANNE.

Non.

GASPARD, *faisant un geste comme s'il se battait.*

Ah!..

SUZANNE, *reculant.*

Ah! mon dieu! Vous me faites peur!

GASPARD.

Oh! ne craignez rien... j' plante des choux maintenant, n'y a plus d' danger.

SCÈNE III.

Les Mêmes, AMÉLIE.

AMÉLIE.

Gaspard, il est près d'onze heures, le régiment de mon mari ne tardera pas sûrement à passer. Va bien vite cueillir les plus beaux fruits du jardin, et tu diras qu'on serve le déjeûner dans ce pavillon.

GASPARD.

Oui, madame, et du plus loin que j'entendrai les trompettes, ton ton ton ton, j' viendrai vous avertir.

SCÈNE IV.

AMÉLIE, SUZANNE.

SUZANNE.

Eh bien, madame, vous êtes contente.

AMÉLIE.

Non... je suis bien contrariée, Suzanne. Madame de Blanval qui m'a fait demander à dîner.

SUZANNE.

Pour aujourd'hui! oh!.. au moment où vous attendez monsieur Édouard; il fallait donc répondre que vous ne dîniez pas chez vous.

AMÉLIE.

Sans doute, mais Ernestine m'en voudrait; c'est une amie d'enfance, et j'ai craint de la refuser.

SUZANNE.

Au reste, je pense bien que monsieur Édouard passera au moins une huitaine de jours avec vous.

(6)

AMÉLIE.

Croirais-tu, Suzanne, que voilà déjà deux grands mois qu'il est parti.

SUZANNE.

Deux mois que vous êtes veuve! C'est bien long, madame! (*A part*). Pauvre petite femme!

AMÉLIE.

Air : *Du petit Chaperon rouge.*

Le premier mois de son absence,
De son retour j'ai l'espérance,
Qui me console quelquefois
Le premier mois, le premier mois.
Mais malgré toute ma constance,
Je perds courage et patience
Le second mois, le second mois.
    Dans cette longue attente,
    Hélas! je me tourmente,
Le jour, la nuit, je ne sais pourquoi,
Au moindre bruit je tremble d'effroi!

SUZANNE.

Le premier mois, tout nous enchante,
La campagne paraît charmante,
On aime à voir les champs, les bois,
Le premier mois, le premier mois.
Mais voir toujours la même chose,
Ah! quel ennui tout cela cause
Le second mois, le second mois.
    Le cœur alors soupire,
    En secret il désire,
Là, toujours là, certain je ne sais quoi,
Là, toujours là, vient nous faire la loi.

AMÉLIE.

Il est certain que je ne m'amuse pas beaucoup ici dans l'absence d'Edouard.

SUZANNE.

Le moyen de se divertir... avec madame de Bellemarre, votre tante... fort respectable d'ailleurs, mais qui pour vous distraire, se croit obligée de vous lire, soir et matin, tous les journaux qu'elle reçoit de Paris.

AMÉLIE.

Ah! comme elle m'impatiente quelquefois!.. (*Avec bonté*). Mais ma tante est âgée, il faut bien lui passer quelque chose. On sonne à la grille!

SUZANNE, *allant voir dans le fond.*

C'est la voiture de madame de Blanval!

AMÉLIE.

Déjà?

SUZANNE.

Faites dire que vous n'êtes pas visible.

AMÉLIE.

Oh non , non... je n'ose pas... va au-devant d'elle.

SUZANNE.

La voici.

SCÈNE V.

Les Mêmes, ERNESTINE DE BLANVAL, *suivie d'un vieux domestique.*

ERNESTINE.

Eh! bonjour , ma chère Amélie!

AMÉLIE.

Te voilà , Ernestine!

ERNESTINE.

Tu as peut-être trouvé ma demande indiscrète.

AMÉLIE.

Ah! tu sais que j'ai toujours du plaisir à te voir.

ERNESTINE , *au vieux domestique.*

Dubois, le chemin est beau , je ne repartirai que ce soir, à neuf heures. (*Le domestique se retire*).

SUZANNE , *bas à Amélie.*

Ce soir ! à neuf heures !

AMÉLIE , *bas à Suzanne.*

Qu'y faire ? Je ne peux pas la renvoyer. (*Haut*). Suzanne, allez dire à ma tante, que c'est madame de Blanval qui vient passer la journée avec nous.

ERNESTINE.

Et que j'irai tout à l'heure lui présenter mes devoirs.

SUZANNE.

Oui, madame. (*A part, en s'en allant*). Sans être bien fine, moi, je parirais deviner le motif de cette visite là.

SCÈNE VI.

AMÉLIE , ERNESTINE.

ERNESTINE.

Es-tu heureuse, ma bonne amie, d'habiter si près de la

grand' route ? Tu vois au moins des figures humaines ; moi, je suis enterrée là bas, dans un vieux château bâti, je crois, du temps des croisades, et flanqué de quatre tourelles, qu'on prendrait pour autant de prisons.

AMÉLIE.

Ton oncle devait les faire abattre ?

ERNESTINE.

Bon ! il y a mille ans qu'il dit cela, il n'en fera rien. D'un autre côté pourtant, je t'admire quelque fois, ma chère Amelie; avoir un mari jeune, aimable, et te résoudre à passer loin de lui des mois entiers !

AMÉLIE.

Mais, ma bonne amie, quand il est à son régiment, il faut bien...

ERNESTINE.

Il faut!.. il faut... non... une femme est toujours maîtresse de faire ce qu'elle veut... et si, à présent que je suis veuve, je formais un autre engagement, je réponds bien que je suivrais mon mari, dût-il aller au bout du monde.

Air : *Vaudeville du Code et l'Amour.*

Malgré leur vertu, leur courage,
Messieurs les français sont légers ;
Et pour le plus heureux ménage,
L'absence a toujours des dangers.
Souvent par trop de confiance,
Femme s'expose à des regrets ;
L'époux de loin peint sa constance,   } *bis.*
Elle en est plus sûre de près.

AMÉLIE.

Est-ce que tu penses à te remarier ?

ERNESTINE.

Mais, j'en ai eu un instant l'idée... M. de Saint-Céran me faisait la cour il y a quelque temps.

AMÉLIE.

M. de Saint-Céran ! le colonel d'Édouard ?

ERNESTINE.

Précisément ; mais mon oncle, très-sévère sur le chapitre de la moralité, prétend que c'est un mauvais sujet.

AMÉLIE.

M. de Saint-Céran protège Édouard et lui veut beaucoup de bien... ton oncle a tort d'en dire du mal.

ERNESTINE, *riant.*

Oh! ne crains rien, ma bonne amie; un mauvais sujet! Les hommes ne se fâchent jamais de cette épithète-là, et ils ont bien raison.

Air : *De la walse du comédien de Paris.*

Un homme a-t-il la tête un peu légère,
Un esprit vif.. un cœur souvent parfait!..
Sitôt qu'il plaît ou bien qu'il cherche à plaire,
On dit de lui : c'est un mauvais sujet!
Il se jouera d'une innocente femme,
(Ça... j'en conviens, ces messieurs mentent bien),
Et pour que tout aille au gré de sa flamme,
Sermens d'amour ne lui coûteront rien.

Il est léger.. mais qu'un danger réclame
En même temps son courage et son bras,
On le verra, défenseur de sa dame,
Courir pour elle au-devant du trépas.
Insinuant, plein de ruse et d'adresse,
En fait d'honneur, jamais franc à demi,
Sans conséquence il trompe une maîtresse,
Il rougirait de tromper un ami.

Tout à la fois séduisant et perfide,
Tendre et volage, il aime le plaisir;
Dans les combats, téméraire, intrépide,
La gloire alors est son premier désir!..
Mauvais sujets!. c'est ainsi qu'on appelle
Ces jeunes gens étourdis, indiscrets,
Mais que l'État ait besoin de leur zèle,
Il peut compter sur d'excellens sujets.

AMÉLIE.

Je vois, d'après cela, que tu ne hais pas trop... les mauvais sujets.

ERNESTINE.

Mais non, au total, ils sont fort aimables.

AMÉLIE.

Ernestine, tu sais que le régiment de mon mari est attendu ce soir à Nevers.

ERNESTINE.

Eh! oui, je sais cela. Je t'avouerai même, ma chère amie, que ma visite est un peu intéressée. M. de Saint-Céran me croit à Paris en ce moment, et je ne serais pas fâchée, quand il passera, qu'il m'apperçût là... comme par hasard... avec toi, sur la terrasse de ton château.

AMÉLIE.

Par la même occasion tu verras Édouard.

ERNESTINE.

Ton mari! Oh je l'embrasserai de bien bon cœur; mais je
te le répète, ma chère Amélie, ne lui laisse pas tant de liberté,
car enfin tu ne peux pas répondre de ce qui peut arriver.

AMÉLIE.

Qu'est-ce que tu me dis là?.. mais sais-tu bien que tu me
rendrais jalouse.

SCÈNE VII.

Les Mêmes, GASPARD.

GASPARD, *criant.*

Madame! madame!

AMÉLIE.

Eh! mon dieu, vous m'avez effrayée, Gaspard! qu'est-ce
que c'est?

GASPARD.

Excusez, madame. C'était de joie! J'viens d'monter là
haut dans le... comment qu'vous appelez ça? dans le berve-
dère.

AMÉLIE.

Eh! bien?

GASPARD.

J'ai regardé par le térescope... ils arrivent!

AMÉLIE.

Vraiment!

GASPARD.

Ils sont tout au plus à... (*on entend de loin le bruit des
trompettes*). Tenez, tenez, tenez, madame, entendez-vous?
ton, ton, ton, ton, ton... (*il regarde*). Les v'là au bout des
murs du parc... ils entrent dans le chemin creux... (*Les trompettes sont plus rapprochées*).

AMÉLIE.

Air : *De Nina. Il m'appelle sa bonne amie.*

Ah! ma bonne, ma chère amie!
Conçois-tu bien tout mon bonheur?
De plaisir mon âme est ravie,
Comme je sens battre mon cœur!

TOUS.

De plaisir mon âme est ravie!
Je sens aussi battre mon cœur.

(*Trompettes, fanfares plus rapprochées*).

SCÈNE VIII.

*Les Mêmes, Groupes de Villageois, accourant de l'autre
côté de la terrasse, sur une colline qui occupe le fond du
théâtre.*

CHOEUR, *dans le fond.*

Air : *Chantons Nina.*

Accourez tous, accourez vîte.

GASPARD.

Voyez, voyez les curieux !
Comme on s'empress', comme on s'agite!

CHOEUR.

A cette place, oui, nous serons bien mieux. (*bis*).

MAD. DE BELLEMARRE, *paraissant sur le balcon au premier
étage du pavillon.*

Air : *Veux-tu me faire une promesse.*

Gaspard... Gaspard, vont-ils bientôt paraître?

TOUS.

Oui, oui, madame, les voici !

MAD. DE BELLEMARRE.

Tant mieux ! tant mieux! je reste ici,
Je les verrai de ma fenêtre.

CHOEUR.

Les v'là ! les v'là ! l'beau régiment!

MAD. DE BELLEMARRE.

Eh oui, vraiment!

CHOEUR.

L'beau régiment!

TOUS.

Ah! c'est charmant! (3 *fois*).

AMÉLIE, *se levant sur la pointe des pieds comme pour voir
de plus loin.*

Reprise de l'air : *il m'appelle sa bonne amie.*

Ernestine ! ma bonne amie !
Je l'apperçois ! ah ! quel bonheur !

(*Dans son impatience, elle monte sur une chaise et agite en l'air un mouchoir blanc, elle descend aussitot de la chaise et achève avec émotion*).

De plaisir mon âme est ravie !
Comme je sens battre mon cœur !

ENSEMBLE.

ERNESTINE ET MAD. DE BELLEMARRE.

Je partage, chère Amélie,
Toute ta joie et ton bonheur.
De plaisir mon âme est ravie,
Je sens aussi battre mon cœur !

SUZANNE, GASPARD, *et les chœurs dans le fond.*

Braves soutiens de ma patrie,
Je vous revois, ah ! quel bonheur !
De Plaisir mon âme est ravie,
Je sens aussi battre mon cœur !

MAD. BELLEMARRE, *sur le balcon.*

Les beaux hommes !

GASPARD.

Madame, v'la monsieur l'capitaine !

AMÉLIE, *se penchant sur le bord de la terrasse.*

Édouard !

ERNESTINE, *à Amélie.*

Monsieur de Saint-Céran vient à nous.

Amélie et Ernestine saluent comme si le colonel était devant elles.

ERNESTINE, *comme si elle répondait à une question du colonel.*

Oui, monsieur, il y a trois semaines que je suis dans ce pays.

AMÉLIE, *comme parlant à son mari.*

Edouard, est-ce que vous ne vous arrêtez pas ? — Si votre colonel le permet. — Certainement qu'il ne refusera pas... (*Changeant de ton tout à coup comme si elle parlait au colonel*). Comment donc, monsieur le colonel, ma tante sera très-flattée de votre visite. (*On voit la tante qui salue sur le balcon ; après un moment de silence, Amélie continue*) Je vous remercie, monsieur. (*Elle change encore de ton et en prend un plus familier, comme si elle parlait à son mari*),

Édouard va vîte et... oui... oh! si le régiment fait halte, vous aurez bien le temps de déjeûner avec nous; mon ami, nous allons au-devant de toi... Viens, viens, ma chère Ernestine.

MAD. DE BELLEMARRE.

Ma nièce! attendez-moi, je descends...

AMÉLIE, *s'en allant et entraînant Ernestine.*

Dépêchez-vous, ma tante... vous nous retrouverez à la grille. Suzanne, dis qu'on serve le déjeûner.

SUZANNE.

Oui, madame... et un couvert de plus pour M. le colonel? (*à part, en s'en allant*). J'en étais sûre.

MAD. DE BELLEMARRE, *quittant le balcon.*

Les beaux hommes! Ah! les beaux hommes!

GASPARD, *de loin aux paysans.*

Air : *Un esprit présent.*

Courez, mes amis,
Les v'là z'en repos dans la plaine.
Courez, mes amis,
Leur offrir le vin du pays.

Des soldats français!
Tant qu'on voudra, qu'il nous en vienne!..
Des soldats français
Sont toujours bons à voir de près.

CHŒUR, *ils descendent de la colline.*

Courons,} mes amis,
Courez, }
Descendons} vîte dans la plaine.
Descendez }
Courons, }mes amis,
Courez, }
Leur offrir le vin du pays.

SCÈNE IX.

GASPARD, *seul et regardant de loin.*

Queu coup d'œil!.. ça me rappelle mon jeune temps, et tous mes anciens camarades de régiment!..

Air : *De la Fête du village voisin.*

Ah! le beau corps!.. partout on le renomme!
J'ons fait trembler l'enn'mi plus d'une fois.
Nous étions tous, tous de joyeux grivois,
Et nous nous battions, dieu sait comme!..

Sous l'habit d'l'ancier,
J'avais l'air guerrier !..
Sans mentir j'étais, oui, j'étais un bel homme !
Au bruit du canon,
Au son du clairon,
Sitôt qu'on chargeait,
Qu'on criait :
En avant !..
Pan, pan, pan, pan, pata pan ! pan, pan, pan !
J'étais un luron,   } *bis.*
Un diable !.. un vrai démon !

Après la guerre, où, dam! chacun s'expose !
La paix queuq'fois, la paix v'nait à son tour,
Et c'est alors que nous faisions l'amour,
Ne pouvant plus faire autre chose.
Car, dans son état,
V'là comme est l'soldat !
Jamais, jamais, non, jamais il n'se repose.
Quand nous rentrions
Dans nos garnisons,
Sitôt que j'voyais l'œil fripon
D'un tendron,
Un joli bras rond,
Un petit pied mignon...
J'étais un luron,   } *bis.*
Un diable !.. un vrai démon !..

(*Il va vers le fond et regarde*).

Ah ! ah !.. est-ce qu'on est déjà sorti de table ? le déjeûner n'a pas été long... V'là monsieur et madame qui s'en vont sous la grande charmille... Bon !.. la vieille tante qui court après eux !.. ils s'passeraient bien d'elle, je crois... Tiens, tiens, madame de Blanval qui vient de ce côté... oh !.. et monsieur l'colonel qui la guette de loin... ils ont p'têt des secrets à s'dire... retirons-nous.

SCÈNE X.

ERNESTINE, le colonel SAINT-CÉRAN, GASPARD.

ERNESTINE.

Où sont-ils donc ?.. je croyais trouver Amélie et son mari sur la terrasse.

LE COLONEL, *d'un air mystérieux.*
Madame de Blanval.

ERNESTINE.

C'est vous, monsieur le colonel ! qu'est donc devenu Édouard ?

LE COLONEL.

Je ne sais , tout le monde a disparu , et vous même...

GASPARD.

Mon colonel, les v'la là-bas qui entrent dans le parc.

LE COLONEL.

Éloigne-toi , sot !

GASPARD.

Merci mon colonel. (*Il s'en va en riant d'un air malin*).

SCÈNE XI.

ERNESTINE, LE COLONEL.

ERNESTINE.

Je vais les rejoindre.

LE COLONEL, *la retenant.*

Eh! madame, laissez un peu de liberté à ces pauvres époux, je vous assure qu'ils ne sont pas du tout fâchés de se promener de leur côté.

ERNESTINE.

Mais, monsieur...

LE COLONEL.

Charmante Ernestine, de grâce, demeurez , j'ai tant de choses à vous dire !

ERNESTINE.

Je ne suis point disposée à les écouter, ainsi, monsieur, permettez...

LE COLONEL.

Non, non, j'ai bien remarqué déjà que vous aviez de l'humeur contre-moi , et je veux savoir ce qui peut exciter votre couroux.

ERNESTINE.

Vous l'ignorez, monsieur? Comment, je suis à vous entendre, l'objet de tous vos vœux, un ordre vous appelle à votre régiment, vous partez, vous m'écrivez des lettres où le cœur n'était pour rien, et j'apprends que bientôt vous adressez à vingt femmes, des hommages que je n'ambitionne plus assurément.

LE COLONEL.

On vous a trompée, madame, l'envie s'est plu à vous faire de faux rapports.

ERNESTINE.

De faux rapports ?

LE COLONEL.

Oui, madame.

Air : *Du vaudeville des Maris ont tort.*

J'ai vu tant de femmes jolies
Victimes de la trahison ;
J'ai vu le monde et ses folies,
Le temps a muri ma raison. (*bis*).
Plus que jamais soumis et tendre,
Vrai partisan de la beauté,
En garnison je viens de prendre
Des leçons de fidélité.

ERNESTINE.

Des leçons de fidélité !

LE COLONEL.

Cela vous étonne, madame ?

On doit par honneur et par zèle
Se dévouer dans notre état,
» Tout à son pays, à sa belle!..»
C'est la devise du soldat. (*bis*).
Pour les servir, pour les défendre,
Avec courage et loyauté,
C'est en garnison qu'il faut prendre
Des leçons de fidélité.

ERNESTINE.

Je vous crois, monsieur ; cependant, madame de Fervac
vous a été proposée en mariage.

LE COLONEL.

Madame de... c'est vrai... mais tout autre que moi n'eût
pas résisté à la tentation ; jugez de mon amour, je vous ai sacrifié cent mille livres de rente.

ERNESTINE.

Sacrifié ! pourquoi avez-vous reçu son portrait ?

LE COLONEL.

Son portrait ? oh c'est vrai, mais...

ERNESTINE.

Vous avez eu pendant quinze jours une correspondance
très-active, très-suivie.

LE COLONEL.

Une !.. c'est encore vrai, mais...

ERNESTINE.

Et ces lettres, ce portrait, vous les avez encore...

LE COLONEL.

Je les ai?.. Eh bien, oui, je les ai!.. mais je vous proteste qu'il ne m'a manqué qu'une occasion pour les renvoyer.

ERNESTINE.

Monsieur de Saint-Céran, vous n'êtes pas de bonne foi.

LE COLONEL.

C'est singulier, toutes les femmes m'en disent autant.

ERNESTINE

Toutes !

LE COLONEL.

Ecoutez, ma chère Ernestine, ce sont les lettres et le portrait de madame de Fervac qui sont cause des querelles que vous me faites.

ERNESTINE.

J'avoue...

LE COLONEL.

Passez-vous ici le reste de la journée ?

ERNESTINE.

J'ai dit qu'on mit mes chevaux à neuf heures.

LE COLONEL.

A neuf heures?.. à cinq, mon régiment entre à Nevers. Il me faut une heure pour mettre ordre à quelques affaires, à six, je remonte à cheval, et pour vous prouver que je n'ai plus de liaisons avec madame de Fervac, je reviens ici à sept heures, vous apporter lettres, cheveux, billets, portrait, nous ferons, si vous le voulez, un autodafé de tout cela.

ERNESTINE.

Nous verrons bien si vous tenez votre parole.

LE COLONEL.

Pourrai-je alors compter sur la vôtre ?

ERNESTINE.

Retirez-vous, monsieur de Saint-Céran, je vous en prie.

LE COLONEL.

Vous quitter déjà !

ERNESTINE.

Je retourne auprès d'Amélie.

LE COLONEL.

Ne prenez pas cette peine, la voilà qui revient avec Édouard.

Amélie.   3

SCÈNE XII.

Les Mêmes, AMÉLIE, ÉDOUARD, Mme. DE BELLE-MARRE.

ERNESTINE, *allant au-devant d'Amélie.*

Ah! je te cherchais partout, ma chère amie.

MAD. DE BELLEMARRE.

Eh! mon dieu, mon neveu, vous allez d'une vîtesse .. j'ai un mal incroyable à vous suivre.

LE COLONEL.

Eh bien, capitaine, vous venez de visiter les bosquets du parc?

ÉDOUARD.

Oui... les bosquets... La chère tante ne nous a pas quittés un instant.

MAD. DE BELLEMARRE.

Vous m'avez fait assez courir!.. ces jeunes gens ont des jambes!.. Ah!.. j'ai cru vingt fois qu'ils allaient m'échapper.

ÉDOUARD.

Mais, ma tante, rien ne vous obligeait de venir avec nous.

MAD. DE BELLEMARRE.

Rien!.. rien!.. vous croyez ça?.. Et notre nouvelle cascade que je voulais vous faire voir?

LE COLONEL, *riant à part.*

Ah! ah!.. ce pauvre Édouard!..

AMÉLIE.

J'ose espérer que monsieur le colonel voudra bien vous permettre de passer quelques jours avec nous.

LE COLONEL.

Madame, je serais trop heureux de faire quelque chose qui vous fût agréable.

SCÈNE XIII.

Les Mêmes, SUZANNE, et un Brigadier lancier.

SUZANNE.

Monsieur le colonel, on vous demande.

LE BRIGADIER, *lui remettant une lettre.*

Un ordonnance vient d'apporter cette lettre de la part du général commandant la division.

LE COLONEL, *ouvrant la lettre.*

Mesdames, je vous demande pardon... Ah ! ah !.. ceci vous regarde aussi, mon cher Édouard. (*Il lit*). Monsieur le colonel, je sais que plusieurs officiers de votre régiment ont leurs familles dans le Nivernais, je vous invite à prendre les mesures nécessaires pour qu'aucun d'eux ne s'écarte de la route qui vous a été tracée. Le corps que vous commandez devant faire partie de la grande revue qui a lieu demain, il est indispensable que tous les officiers s'y trouvent. Je vous dirai même qu'il n'est pas encore certain que votre régiment reste à Nevers.

AMÉLIE, *à part.*

Qu'entends-je ?

LE COLONEL, *achevant de lire.*

Veuillez donc, jusqu'à ce que vous receviez des ordres ultérieurs à cet égard, n'accorder à qui que ce soit, la permission de s'absenter. J'ai l'honneur d'être, etc. Diable ! je sais bien des personnes qui vont être contrariées de cela. (*Au brigadier*). Il suffit, dites au major qu'il fasse sonner à cheval, nous allons partir.

LE BRIGADIER.

Oui, mon colonel.

AMÉLIE, *d'un air triste et inquiet.*

Édouard, vous allez encore me quitter.

LE COLONEL.

Je suis fâché de ce contretemps, mais vous l'avez entendu, mesdames, grande revue demain, j'espère que nous aurons le bonheur de vous y rencontrer. (*A Édouard*). Je n'oublierai pas, mon cher Édouard, l'accueil grâcieux que j'ai reçu chez vous. (*Il salue Amélie, puis se retournant du côté d'Ernestine, il lui dit*): Cela ne change rien à nos projets, ce soir, à 7 heures, je viens remettre en vos mains, les tendres épîtres de madame de Fervac. Madame de Bellemarre veut-elle bien agréer mes excuses. (*A Suzanne*). Adieu, friponne. (*A Édouard*). Je suis au désespoir de vous séparer, mais le temps presse, Édouard, je vous attends.   (*Il s'en va*).

ÉDOUARD.

Je vous suis, mon colonel. (*Il fait un signe à Suzanne*).

SUZANNE.

Madame de Blanval n'a point vu la nouvelle cascade ?

ERNESTINE.

Non, on dit qu'elle est charmante. (*A part*). Laissons-les se dire adieu.

MAD. DE BELLEMARRE.

C'est moi qui en ai fait exécuter le plan, je veux vous montrer cela. (*Elle sortent toutes trois*).

SCÈNE XIV.

ÉDOUARD, AMÉLIE.

ÉDOUARD, *à part.*

C'est bien heureux que nous soyons un moment seuls !

AMÉLIE, *à part.*

Ernestine a raison, peut-être, et je veux suivre ses conseils. (*Haut*). Mon ami, arrangez-vous comme vous voudrez, mais si votre régiment ne reste pas à Nevers, je vas avec vous, d'abord, je ne vous quitte plus.

ÉDOUARD.

Amélie !

AMÉLIE.

Non, je n'ai plus envie de passer, comme je l'ai fait, des mois entiers sans vous voir.

ÉDOUARD.

Mais écoute donc.

AMÉLIE.

Non, non, je n'écoute rien, je m'ennuie trop ici quand vous n'y êtes pas. (*A part.*). D'où vient donc qu'il insiste ? (*Haut*). Édouard, si vous vous opposez à toutes mes raisons, je croirai que vous ne m'aimez point.

ÉDOUARD.

Ma bonne amie ; il faut que je parte. Je n'ai pas lo temps de t'expliquer tous les motifs....

AMÉLIE.

Quels motifs pouvez-vous avoir ?

ÉDOUARD.

En ce cas, écoute-moi, Amélie... ce soir après la retraite, je tâcherai de m'échapper, et je te promets de revenir ici pour me concerter avec toi sur les moyens d'effectuer le rapprochement que tu désires.

AMÉLIE.

Ce soir? mais l'ordre du général?

ÉDOUARD.

Pourvu que je sois demain à la revue, sois tranquille, on ne saura rien.

AMÉLIE.

Et ton colonel?

ÉDOUARD.

Tu entends bien que je ne le mettrai pas dans la confidence. (*Plus bas*). Si tu crains l'indiscrétion de tes gens, renvoie-les de bonne heure, tu laisseras la petite porte du pavillon entr'ouverte, je sauterai par-dessus le vieux mur du parc, et j'arriverai ici à l'insçu de tout le monde, sans que Suzanne et Gaspard même, se doutent de la moindre chose.

AMÉLIE.

Vous m'assurez bien, Édouard, qu'il n'y a aucun danger pour vous.

ÉDOUARD.

Non, non, je repartirai à la pointe du jour. (*Il l'embrasse*). (*On entend de loin la trompette qui sonne à cheval*).

SCÈNE XV.

Les Mêmes, GASPARD, ensuite SUZANNE, Mme. DE BELLEMARRE, ERNESTINE et LE COLONEL.

GASPARD, *accourant.*

Air : *Chœur final de la Dot.*

Pardon, pardon, mon capitaine,
Du départ voilà le signal.
On se rassemble et dans la plaine,
La troupe remonte à cheval.

Mme. DE BELLEMARRE, *accourant avec madame de Blanval et Suzanne.*

J'entends qu'il faut partir bien vîte,
Et je reviens, mon cher neveu.
Ne croyez pas que je vous quitte
Sans vous redire encore adieu.

LE COLONEL , *revenant.*

Eh bien, eh bien, cher capitaine,
Vous n'entendez pas le signal ?
Il faut donc que je vous entraîne,
Le régiment est à cheval. (*bis*).

ÉDOUARD.

Air : *De Gaspard.*

Reçois mes adieux, Amélie.

LE COLONEL.

Recevez les miens, je vous prie.

ÉDOUARD , *bas à sa femme.*

Nous nous retrouverons ce soir.

AMÉLIE , *bas.*

Ce soir ?

ÉDOUARD , *bas.*

Ce soir.

LE COLONEL , *bas à Ernestine.*

Nous allons bientôt nous revoir.

ERNESTINE , *bas.*

Ce soir ?

LE COLONEL , *bas.*

Ce soir.

(*Haut*). Adieu. mesdames.

ÉDOUARD , *à sa femme.*

Chère amie !
Je sens que c'est bien malgré moi
Que je m'éloigne encor de toi.

LE COLONEL , *l'entraînant.*

Je vois qu'il ne s'en ira pas...
Capitaine, prenez mon bras.

Air : *Une croisade est déclarée.*

C'est à regret que je vous quitte,
Allons donc, allons vîte,
Mon cher Edouard, il faut partir,
Le devoir nous appelle !..
Au devoir montrez-vous fidèle.

ÉDOUARD , *à Amélie.*

C'est à regret que je te quitte.
Le temps presse, allons vîte,
Colonel, nous pouvons partir.
Au devoir qui m'appelle,
Je veux être toujours fidèle.

AMÉLIE.

C'est à regret que je vous quitte,
Cher Édouard, partez vîte,

ENSEMBLE.

Puisqu'on ne peut vous retenir,
   Mais mon cœur vous rappelle;
A sa voix revenez fidèle.

ERNESTINE , *au colonel.*

Puisqu'il faut enfin qu'on nous quitte,
   Parez donc, partez vite,
Oui , mais songez à revenir,
   Un serment vous rappelle,
Tâchez d'être une fois fidèle.

MAD. DE BELLEMARRE, GASPARD ET SUZANNE.

Un vrai soldat jamais n'hésite,
   Avec gloire et mérite,
Sous les drapeaux veut-il servir?
   Au devoir qui l'appelle,
Il se montre toujours fidèle.

ENSEMBLE.

TOUS.

Il faut partir.

Fin du premier acte.

ACTE II.

Le Théâtre représente le petit salon de l'appartement d'Amélie, il est élégamment meublé. On y voit un métier à broder, une table ronde, sur laquelle sont deux flambeaux allumés, et plusieurs journaux; un canapé, une cheminée avec des candelabres garnis de bougies, des vases de fleurs etc., deux portes latérales, l'une à droite, mène à la chambre à coucher, l'autre donne sur un petit escalier dérobé. Dans le fond, une porte à deux battans.

SCÈNE PREMIÈRE.

Au lever du rideau, on voit madame de Bellemarre avec des lunettes, elle est assise près de la table, et lit le Moniteur. Amélie, de l'autre coté, travaille au métier à broder. Ernestine, debout près de la cheminée, regarde sans cesse à la pendule, et manifeste par tous ses mouvemens, l'impatience qu'elle éprouve. Amélie parait aussi agitée, et peu occupée de l'ouvrage qu'elle fait.

ERNESTINE , *à part et regardant à sa montre.*
Neuf heures!.. et il ne vient pas !

MAD. DE BELLEMARRE *tenant le Moniteur.*

Mais écoutez donc, mesdames...

AMÉLIE.

Ma tante, laissez-là votre Moniteur, il est tard, et je crains
que votre santé.

MAD. DE BELLEMARRE.

Non, non, ma nièce, je n'ai plus que six colonnes à lire.

AMÉLIE.

Demain, ma tante!

MAD. DE BELLEMARRE.

Écoutez au moins les nouvelles de la Turquie. (*Elle remet
ses lunettes et lit*).

Air *de Doche.*

» De Constantinople on écrit
» Que le treize, pendant la nuit...

(*D'un air effrayé*).

Ah! grands dieux!.. ah! ma chère Amélie!

(*Elle lit*).

» Les janissaires révoltés
» Vers le sérail se sont portés...

(*Sa frayeur augmente à mesure qu'elle lit*).

» Un grand nombre a perdu la vie,
» On a décapité l'aga!..

(*S'interrompant avec effroi*).

Décapité l'aga!..
» Le grand visir et cœtera...

(*Répétant*).

Le grand visir! et cœtera!

(*Lisant*).

» Et le quatorze, un incendie
» A consumé le faubourg de Péra!

(*Avec effroi*).

Le faubourg de Péra!
Ah! je frémis lorsque j'y pense!..

(*Voyant que les jeunes femmes ne lui répondent rien,
elle jette le journal sur la table, se lève, et leur dit :*

Mesdames... vous n'écoutez pas!

AMÉLIE, *à part.*

Quel supplice! l'heure s'avance,
Et ma tante n'en finit pas!

ERNESTINE, *à part.*
Quel supplice! l'heure s'avance,
Le perfide ne revient pas!

MAD. DE BELLEMARRE, *avec effroi.*
Le grand visir!.. l'aga!..
Le faubourg de Péra!..
Ah! je frémis, lorsque je pense
A tous ces malheurs là!

ERNESTINE, *à part.*
Je suis d'une colère!.. Ah! monsieur de St.-Céran!.. C'est ainsi que vous tenez vos promesses!..

AMÉLIE, *à part.*
Édouard qui ne veut pas qu'on sache... que faire?.. S'il arrivait en ce moment. (*Elle feint d'avoir un grand mal de tete et parait si contrariée, qu'enfin madame de Bellemarre s'en apperçoit*).

MAD. DE BELLEMARRE.
Quelque chose vous tourmente, ma nièce... vous souffrez?

AMÉLIE.
Oui, ma tante... je suis un peu fatiguée... j'ai besoin de repos.

MAD. DE BELLEMARRE.
Eh! mais mon dieu, ma chère amie, que ne le disiez-vous plutôt!

ERNESTINE.
Que je ne te gêne pas, Amélie... j'ai demandé mes chevaux pour neuf heures.

MAD. DE BELLEMARRE.
Neuf heures sont passées... il n'y a qu'à sonner Suzanne, pour savoir...   (*Elle tire le cordon de la cheminée*).

AMÉLIE.
Je ne te chasse pas, Ernestine, mais...

ERNESTINE, *prenant son chapeau.*
Point de façons avec moi... tu aurais tort.

SCÈNE II.

Les Mêmes, SUZANNE, ensuite GASPARD.

SUZANNE, *un bougeoir à la main.*
Madame a sonné?

MAD. DE BELLEMARRE.
La voiture de madame de Blanval?

Amélie.   4

GASPARD, *entrant avec une lanterne allumée.*

Je venais tout justement dire à madame que les chevaux sont mis.

ERNESTINE.

En ce cas, je vais partir...

GASPARD, *à Madame de Blanval.*

J' vous préviens, madame, qu'il y en a un de vos chevaux, qui boite un peu.

ERNESTINE, *riant.*

Ah! mon oncle n'en a pas d'autres.

Air : *De Marianne.*

Tout est chez lui de même allure,
Tout y rappelle le vieux temps,
Et de ses chevaux, j'en suis sûre,
Le plus jeune a vingt ou trente ans.
    L'un, le Rolland,
    Très-peu vaillant...
    L'année entière
Dort sur la litière,
    L'autre à l'écart,
    C'est le César!..
Descend, dit-il du cheval de Bayard!..
Tous ces noms là sont beaux, sans doute,
Mais j'ai bien peur que tôt ou tard,
Et le Rolland et le César
Ne nous laissent en route. (3 *fois*).

Bonne nuit, ma chère Amélie... j'ai l'honneur de saluer madame de Bellemarre.

MAD. DE BELLEMARRE, *saluant.*

Madame...

AMÉLIE, *déjà plus contente de voir Ernestine qui s'en va.*

À demain, Ernestine... nous nous retrouverons sans doute à la revue?

ERNESTINE, *de loin.*

A la revue! moi!.. Oh! non, certainement!.. (*A part*). Le traître! Je promets bien de ne plus le voir.

(*Ernestine sort, précédée de Suzanne et de Gaspard qui l'éclairent*).

SCENE III.

AMÉLIE, Mme. DE BELLEMARRE.

AMÉLIE, *à part.*

Enfin, elle est partie!

MAD. DE BELLEMARRE.

Je vous demande un peu ce qui a pu l'engager à demeurer si tard?.. Il y a des personnes qui sont d'une indiscrétion!..

AMÉLIE.

Ma tante!.. Il y a plus de deux heures que je désire être seule.

MAD. DE BELLEMARRE.

Seule!.. vous êtes indisposée, ma nièce; je ne vous quitte pas.

AMÉLIE.

Non, non... ma tante, je vous remercie... j'aime mieux...

MAD. DE BELLEMARRE.

Ah!... je comprends pourquoi l'on est triste... cet ordre du général, qui enjoint aux officiers de ne pas s'éloigner de leur corps... n'est-ce pas que c'est venu là bien mal à propos?

AMÉLIE, *à part.*

Elle ne s'en ira pas !

MAD. DE BELLEMARRE.

Air : *Mon procès avant tout.*

Je vois bien ce qui vous chagrine,
Et je conçois tous vos regrets.
Pauvres enfans! oui. je devine,
On a dérangé vos projets. (*bis*).
Mais mon neveu, qu'un bon esprit dirige,
A son état tient par zèle et par goût...
Avec l'honneur jamais il ne transige,
Il est français, le devoir avant tout.

AMÉLIE, *à part.*

J'ai une frayeur horrible qu'il ne vienne !

MAD. DE BELLEMARRE.

Voilà, ma chère, voilà comme
Se comportait feu mon époux!
Il m'adorait !.. et le digne homme
Était toujours à mes genoux !..
Mais il était militaire dans l'âme!..
Quand son devoir l'appelait... tout à coup
Il me quittait en me disant : madame,
» Séparons-nous, le devoir avant tout!

AMÉLIE.

Ma tante... décidément je me retire.

MAD. DE BELLEMARRE.

Non, non, restez, restez... c'est moi qui vous laisse... puisque vous l'exigez... bonsoir, ma chère Amélie... (*Elle l'embrasse*). Ah!.. que j'emporte mes journaux ?.. Le Moniteur!.. O dieu! c'est si intéressant! Mais non... je me ravise.

Air : *Monsieur , vous êtes bien honnête.*

De tous ces papiers la lecture
Me cause un effroi sans pareil,
Et ces nouvelles, j'en suis sûre,
Troubleraient encor mon sommeil;
Je crains trop . si je les achève,
Que mon esprit épouvanté,
Toute la nuit ne voye en rêve
Le grand visir décapité!

Bonsoir, ma nièce, bonsoir.

(*Elle sort par le fond*).

AMÉLIE, *seule.*

Ah! il faut espérer que je n'éprouverai plus de semblables contrariétés.

SCÈNE IV.

AMÉLIE, SUZANNE.

SUZANNE , *revenant par le fond.*

Madame de Blanval est partie, il fait un clair de lune superbe, et...

AMÉLIE, *vivement.*

Que voulez-vous?

SUZANNE , *s'arrêtant étonnée.*

Rien, madame, je venais voir si...

AMÉLIE, *vivement.*

Allez-vous en, que tout le monde se couche, et qu'on me laisse... je n'ai besoin de personne.

(*Elle prend un des flambeaux allumés qui sont sur la table et rentre dans sa chambre à coucher*).

SUZANNE , *interdite.*

Oh! oh!.. qu'est-ce que cela veut dire?

SCÈNE V.

SUZANNE, GASPARD.

GASPARD , *entrant mystérieusement par la petite porte à gauche qui donne sur l'escalier dérobé. Il a sa lanterne à la main.*

Mamselle Suzanne ?..

SUZANNE, *vivement et à l'exemple de sa maîtresse.*
Que voulez-vous?

GASPARD, *étonné.*
Oh! oh! que signifie?..

SUZANNE, *contrefaisant Amélie.*
Allez-vous en, que tout le monde se couche, madame n'a besoin de personne.

GASPARD, *s'avançant.*
Vous avez de l'humeur, mamselle Suzanne?

SUZANNE, *riant.*
Non... c'est madame qui en a, et je vous répète ce qu'elle vient de me dire, à l'instant même.

GASPARD.
Ah!.. elle est en colère, madame?

SUZANNE, *avec malice.*
Oai.

GASPARD.
C'est pas l'embarras, il y a d' quoi.

SUZANNE.
Comment?

GASPARD.
Pardi...

Air : *De Lisbeth.*

Un pareil dépit se conçoit,
Quant à moi je n'la blâme guère...
Lorsqu'on attend.. lorsque l'on croit ..
Et puisque... pas du tout... on s'voit...
Vous comprenez?.. la chose est claire.
Madame n'a pas tort vraiment,
Et quoiqu'ell' dise ou qu'elle fasse,
J'crois bien qu'vous en feriez autant,
Si seul'ment vous étiez une heure à sa place.
Oui, morgué, mettez-v us à sa place!

SUZANNE.
Tout ce que je devine, moi, c'est que madame ne veut pas que nous la gênions... ainsi, bonsoir, monsieur Gaspard.

GASPARD.
Mais écoutez donc, écoutez donc.

SUZANNE.
Encore!.. dépêchez-vous, car si elle nous retrouvait ici...

GASPARD.
Est-ce vous, mamselle Suzanne, qui avez passé par l'escalier dérobé, qui donne dans ce colidor?

SUZANNE.

Non.

GASPARD.

C'est qu' tout à l'heure... en faisant ma ronde comme de coutume, j'ai trouvé la p'tite porte du pavillon entr'ouverte.

SUZANNE.

Quelqu'un aura oublié de la refermer.

GASPARD.

Quoiq' ça, il fait toujours bon d' s'assurer des choses, car ç' aurait pu rester com' ça toute la nuit, et qu' sait-on?.. A la campagne, surtout...

SUZANNE, *riant.*

Oh! heureusement, nous n'avons pas peur... nous avons avec nous, un ci-devant lancier.

GASPARD.

Oh! dame, c'est vrai.

Air : *Eh! ma mère!*

Si quelqu'un avait la mine
De me tracasser un peu,
J'ai ma vieille carabine
Qui ferait encor bon feu.

SUZANNE, *riant.*

D'après cela, j'imagine
Qu'on n'osera point broncher...
Avec votre carabine,
Gaspard, allez vous coucher.

(*Elle se sauve*).

GASPARD, *de loin.*

Eh! bien, eh ! bien ?.. Vous me laissez là tout seul...

SCÈNE VI.

GASPARD, AMÉLIE.

AMÉLIE, *en petit déshabillé simple, mais élégant, un petit bonnet noué sous le cou. Elle sort de sa chambre à coucher, et en voyant Gaspard, elle s'écrie:*

Encore quelqu'un ici!

GASPARD, *décontenancé.*

Ah! mon dieu! c'est madame!

AMÉLIE, *avec humeur.*

Qu'est-ce que vous faites-là, Gaspard?

GASPARD.

Madame... je... je... je venais vous dire...

AMÉLIE , *vivement.*

Me dire... quoi ? expliquez-vous bien vite...

GASPARD , *déconcerté.*

C'est que je venais savoir... si c'est madame qui a laissé la petite porte du pavillon entr'ouverte ?

AMÉLIE , *plus vivement.*

Oui... non... que vous importe ?.. laissez-la comme elle est, je vous en prie, et rentrez dans votre chambre, pour n'en plus sortir.

GASPARD .

Cependant , madame , si la porte reste ouverte, et que.

AMÉLIE , *presqu'en colère.*

Je veux qu'elle le soit... mais en vérité, tout le monde semble aujourd'hui prendre à tache de me contrarier !

GASPARD .

Excusez , madame... ce que j'en dis...

AMÉLIE , *très-vivement.*

La soirée est belle ; je veux me promener, s'il m'en prend la fantaisie ; que cette porte ne vous inquiète pas, je la refermerai moi-même ; allez-vous en, Gaspard, allez-vous en, faites-moi le plaisir de vous en aller.

GASPARD , *interdit et à part.*

Hum !.. il y a queq' chose là dessous. (*Haut*). Par où faut-il que je m'en aille , madame ?.. Par là... ou par là ?

AMÉLIE .

Par où vous voudrez.

GASPARD , *voulant sortir par la petite porte.*

En c' cas , j' m'en vais par où je suis venu.

AMÉLIE .

Non... non , sortez par ici.

(*Elle le fait sortir par le fond et referme après lui la porte à la clé.*

SCÈNE VII.

AMÉLIE , *seule.*

Me voilà seule, pourtant !.. (*Revenant sur le devant de la scène*). Ah ! mon dieu !.. Je suis toute tremblante. Et cependant... quel mal y a-t-il ?.. C'est mon mari que j'attends... je suis bien libre... ah ! s'il est vrai, comme on le dit, qu'il y a des femmes assez légères pour...

Air *De Doche.*

On use envain d'adresse...
Des valets curieux
Nous observent sans cesse
Et lisent dans nos yeux.
Les femmes infidèles!..
    Je les plains bien !
Mais comment donc font-elles ?
    Je n'en sais rien.

Pour moi, je n'aurais pas la force de mentir; je sens que mon trouble me trahirait tout de suite !.. (*Elle écoute tout à coup*). Hein?.. j'ai cru entendre. (*Elle va écouter près de la porte*). Ah! c'est singulier... le moindre bruit me cause... je ne puis pas dire ce que j'éprouve... (*Elle entr'ouvre la porte et dit à voix basse*). Édouard... est-ce toi?..

SCÈNE VIII.

AMÉLIE, LE COLONEL SAINT-CÉRAN.

LE COLONEL, *entrant tout à coup.*

Mesdames... excusez, je...

AMÉLIE, *surprise et troublée.*

(*A part*). O ciel !.. que vois-je?.. (*avec embarras*). Monsieur...

LE COLONEL, *s'appercevant de l'embarras d'Amélie et du changement de sa toilette.*

Ah! madame, je crains d'avoir commis une indiscrétion des plus grandes... je vous croyais en compagnie.

AMÉLIE.

Non, non... monsieur... mais comment se fait-il?.. on a dû vous prévenir... en entrant...

LE COLONEL.

Permettez que je me justifie. J'espérais trouver encore ici madame de Blanval.

AMÉLIE.

Madame... de Blanval?.. elle est partie il y a près d'une heure.

LE COLONEL.

On me l'a dit en effet... mais d'après l'assurance qu'elle m'avait donnée, pardon!.. j'ai douté que ce rapport fût exact, et votre concierge n'a point osé résister à mes instances.

AMÉLIE, *à part.*

Grand dieu! si Edouard.... (*haut et d'un ton à faire sentir au colonel qu'il ne doit pas rester.*

Air : *Du pot de fleurs.*

En ces lieux, cont'e mon attente,
Je vous vois, monsieur... permettez,
Que je fasse avertir ma tante...

(*Elle va pour sortir*).

LE COLONEL, *la retenant*

Non, restez, de grâce, restez!..
Du respect que l'on doit aux femmes
Jamais nous ne nous écartons.
A l'ennemi nous résistons,
Mais nous cédons toujours aux dames.

(*D'un débit plus pressé*). Vous êtes l'amie de madame de Blanval, je peux tout vous confier. L'aimable Ernestine m'a fait espérer que j'obtiendrais sa main; son aveu formel ne tient plus qu'à une petite condition... des lettres... un portrait!.. Oh! c'est une histoire!.. sans doute vous la reverrez avant moi, veuillez bien lui dire que j'ai été fidèle à mes engagemens, et que je suis venu tout exprès pour lui remettre ce paquet cacheté. (*il montre le paquet cacheté*).

AMÉLIE, *toujours impatiente d'être seule.*

Monsieur le colonel...

LE COLONEL, *saluant pour se retirer.*

Adieu, madame... (*revenant sur ses pas*). Ah! je ne veux pas pourtant... je ne dois pas vous quitter sans vous donner au moins quelques nouvelles du cher Edouard.

AMÉLIE.

Édouard! (*bas*). je tremble!

LE COLONEL.

En arrivant à Nevers, il a fallu envoyer sur le champ vingt-cinq hommes de piquet chez le général de la division, et je l'ai désigné pour commander ce poste.

AMÉLIE.

Comment, monsieur... c'est mon mari que...

LE COLONEL.

Oui, il est en ce moment de service auprès du général, à qui je l'ai vivement recommandé.

AMÉLIE, *à part.*

Et moi qui l'attendais!

LE COLONEL.

J'ai fait de lui l'éloge qu'il mérite, et je ne doute point qu'on ne l'accueille avec distinction.

Amélie. 5

AMÉLIE , *à part.*

Ah ! qu'il a bien fait de ne pas venir !

LE COLONEL , *souriant.*

Entre nous , je ne lui soupçonne qu'un défaut.

AMÉLIE.

Un défaut... lequel , je vous prie ?

LE COLONEL.

Je le crois un peu jaloux.

AMÉLIE.

Jaloux ?

LE COLONEL.

Oui , quel motif a-t-il pour vous reléguer au fond de cette campagne , et vous dérober ainsi à tous les yeux ? Pour moi, je ne suivrai point son exemple ; je mènerai ma femme partout, et j'espère , en épousant madame de Blanval , que ce sera pour vous une occasion de vous rapprocher de votre amie.

AMÉLIE.

Assurément je serais charmée... mais , encore une fois, pardon, monsieur le colonel... en tout autre moment , votre visite...

LE COLONEL.

Oui , oui... madame... Vous avez raison , j'oublie , en vous parlant, toute la gêne que ma présence doit vous causer... Je vais tâcher au moins que mon indiscrétion n'ait aucune suite fâcheuse, comptez sur mon obéissance et mon respect. (*Comme il va pour sortir par la petite porte, il rentre aussitôt et la referme brusquement en s'écriant :* madame ! je dois vous prévenir...

AMÉLIE , *effrayée.*

Quoi donc ?

LE COLONEL.

Quelqu'un monte par cet escalier !

AMÉLIE , *désolée.*

Quelqu'un !.. ciel !..

LE COLONEL , *fâché lui-même de cet incident.*

Madame...

AMÉLIE , *ne sachant que faire.*

Fuyez, monsieur!

LE COLONEL , *embarrassé.*

Par où ?

ÉDOUARD, *en dehors.*

Amélie!

AMÉLIE, *la tête perdue.*

Grand dieu!..

LE COLONEL, *voyant la porte de la chambre à coucher
entr'ouverte.*

Cette porte!.. (*il s'y précipite en disant*): rassurez-vous,
madame, je mourrais plutôt que de vous compromettre

AMÉLIE, *désolée, se jette sur un fauteuil, le dos tourné vers
la petite porte par laquelle Édouard entre.*

Ah! que je suis malheureuse!

SCÈNE IX.

AMÉLIE, ÉDOUARD, *en redingotte bleue et chapeau
rond.*

ÉDOUARD, *courant vers Amélie.*

Amélie!..

AMÉLIE, *sans se détourner et d'une voix tremblante.*
Édouard!..

LE COLONEL, *à part et entr'ouvrant la porte.*

Que vois-je? ah! c'est ici que le capitaine vient faire son
service.   (*Il se retire*).

ÉDOUARD, *étonné.*

Eh! bien? qu'as-tu donc, ma bonne amie?

AMÉLIE.

Rien... rien...

Air : *Canon de quinze ans d'absence.*

Laissez-moi!.. (*à part*). de quel trouble
Mon cœur est agité!

ÉDOUARD.

Ton embarras redouble
Ma curiosité :
Parle.. ma chère amie!..
De grâce... explique-toi...

AMÉLIE, *le repoussant malgré elle.*

Édouard! . je vous en prie!..
Laissez-moi! laissez-moi!

ÉDOUARD.

Comment... tu me boudes? Ah! je vois ce que c'est, tu
m'en veux de ce que je suis venu si tard ; je t'assure, ma
chère amie, qu'il n'y a pas de ma faute. (*très-haut*). Mon

colonel ne s'est-il pas avisé, en arrivant, de m'envoyer de
garde auprès du général, je l'aurais maudit cent fois !

AMÉLIE, *craignant que le colonel n'entende.*

Edouard, parlez avec plus de respect de votre colonel.

ÉDOUARD.

J'étais si en colère !.. Enfin, sans un de mes amis, capitaine
comme moi, qui m'a offert de prendre ma place, j'aurais été
forcé à te manquer de parole.

AMÉLIE, *élevant un peu la voix.*

Vous avez mal fait, monsieur... très-mal fait de quitter votre
poste.

ÉDOUARD, *avec tendresse.*

C'est toi qui me fais un pareil reproche ?

AMÉLIE, *élevant la voix.*

Oui, monsieur... votre colonel se fâchera et il aura raison...

ÉDOUARD.

Oh ! non, non... n'aie pas peur, il sait fort bien qu'au
régiment nous nous rendons souvent de ces services là.

AMÉLIE, *d'un ton suppliant et doux.*

Edouard, voulez-vous être raisonnable ?

ÉDOUARD, *étonné.*

Raisonnable ?

AMÉLIE.

Oui, et me prouver que vous m'aimez ?

ÉDOUARD, *souriant.*

Ma bonne amie, en doutes-tu ?

AMÉLIE.

En ce cas... Edouard... allez-vous en !

ÉDOUARD.

Comment ?.. que je m'en aille ?

AMÉLIE.

Oui, je vous le demande en grâce !

ÉDOUARD.

Mais, ma chère... c'est une plaisanterie ?

AMÉLIE.

Non... je ne plaisante pas.

ÉDOUARD.

Parbleu , il serait singulier qu'un mari n'eut pas le droit de
rester avec sa femme.

AMÉLIE.

Demain, Edouard... nous nous reverrons demain.

ÉDOUARD, *avec une sorte d'humeur.*

C'est donc quelque caprice qui te passe par la tête ?

AMÉLIE.

Ce n'est ni caprice, ni humeur... c'est un sacrifice que j'exige de vous.

ÉDOUARD.

Ma bonne amie...

AMÉLIE, *désolée et à part.*

Que devenir ?

ÉDOUARD, *avec une humeur un peu marquée.*

Air : *Il me faudra quitter l'empire.*

Répondez donc, quel motif, que j'ignore,
Rend ma présence importune à vos yeux ?
En vérité, je ne puis croire encore
Que tout cela soit sérieux !.. (*bis*).

(*D'un ton plus doux*).

Eh bien, te prenant pour modèle,
Je vais à mon tour te gronder. (*bis*).
Puisqu'entre époux, souvent on se querelle,
Pour le plaisir de se raccommoder. (*3 fois*).

Amélie... je n'ai pas vu les changemens que tu as faits à ton appartement.

(*Il va pour entrer dans la chambre à coucher*).

AMÉLIE, *vivement.*

Edouard !.. n'entrez pas !

ÉDOUARD.

Amélie !.. vous vous troublez ! (*Il fait un pas vers la porte*).

AMÉLIE, *plus vivement encore.*

N'entrez pas ! (*Elle tombe dans un fauteuil*).

ÉDOUARD, *troublé à son tour.*

Que signifie ?.. Je veux savoir...

(*Il entre dans la chambre à coucher*).

AMÉLIE.

Edouard !.. (*Seule et hors d'elle-même*). Ah !.. Que va-t-il penser ?.. Imprudente !.. Qu'ai-je fait ? (*Elle cache sa figure avec son mouchoir*).

ÉDOUARD, *sortant de la chambre avec étonnement.*

Personne ?

AMÉLIE, *bas.*

Qu'entends-je ?

EDOUARD, *voyant Amélie en pleurs, court à elle.*

Amélie ! mon Amélie ! Pardon de t'avoir soupçonnée !

AMÉLIE, *à part.*

Je ne peux plus y tenir... mon cœur est serré... je vais lui avouer tout. (*Haut*). Édouard... (*En ce moment on frappe avec précipitation à la porte du fond*).

ÉDOUARD, *vivement et avec inquiétude.*

Quel est ce bruit ?

SUZANNE, *en dehors.*

Madame ?

MAD. DE BELLEMARRE, *aussi en dehors.*

Ma nièce ? ma nièce !..

AMÉLIE, *effrayée.*

C'est ma tante !

MAD. DE BELLEMARRE, *en dehors.*

Etes-vous encore là, ma nièce ? ouvrez, ouvrez vîte.

AMÉLIE, *courant ouvrir.*

Viendrait-on m'annoncer quelque malheur ?

SCÈNE X.

Les Mêmes, Mme. DE BELLEMARRE, *en déshabillé de nuit,* SUZANNE.

MAD. DE BELLEMARRE, *entrant d'un mouvement pressé.*

Vous ne savez pas, ma chère Amélie... (*Surprise en voyant Édouard*). O dieu ! Edouard avec vous, ma nièce !

ÉDOUARD.

Eh ! bien ? quoi ? ma tante ? Ne suis-je pas chez ma femme ?..

MAD. DE BELLEMARRE.

Sans doute... sans doute... mais vous ne pouvez pas rester ici.

ÉDOUARD.

Qu'y a-t-il donc ? Expliquez-vous, ma tante.

AMÉLIE.

Vous me tenez dans une inquiétude mortelle !

MAD. DE BELLEMARRE.

Apprenez que madame de Blanval...

AMÉLIE, *avec effroi.*

Ernestine !.. Eh bien ?

SUZANNE , *très-vîte.*

Un de ses chevaux s'est abattu à la descente de la montagne,
impossible de le faire relever...

MAD   DE BELLEMARRE.

Et madame de Blanval, ne pouvant plus continuer sa route,
a été obligée de revenir à pied.

ÉDOUARD.

Amélie... je cours au-devant d'elle ?

MAD. DE BELLEMARRE.

Eh ! non , non , non , non , mon neveu... arrêtez !.. Je ne
sais comment tout cela s'est arrangé , mais c'est monsieur de
St.-Céran lui-même qui la ramène ici.

ÉDOUARD.

Mon colonel !.. Qu'entends-je ?.. Ah !.. (*Il embrasse
Amélie très-précipitamment et va pour sortir par la petite
porte de coté*). Adieu, ma chère amie... Je me sauve !

AMÉLIE.

Non , Édouard , demeurez , je vous en prie ! Je l'exige.

ÉDOUARD , *étonné.*

Allons, tu veux à présent que je reste ?

AMÉLIE.

Demeurez... cachez-vous un moment, c'est moi qui cours
prévenir Ernestine de notre embarras. (*Elle sort*).

SCÈNE XI.

Les Mêmes, excepté AMÉLIE.

MAD. DE BELLEMARRE.

Air : *Une fille.*

Mais qui vous agite ainsi !
Quelque chose vous tourmente?

ÉDOUARD.

Vous même , ma chère tante,
Expliquez-moi tout ceci.
C'est une énigme sans doute,
En vain j'observe, j'écoute,
Ma science est en déroute
Et mon esprit en défaut...
Je crois qu'il faut être femme,
Ou bien le diable .. madame,
Pour en deviner le mot.

(*Il entre dans la chambre à coucher*).

MAD. DE BELLEMARRE.

Mais tout cela ne me dit pas pourquoi monsieur le colonel.. Suzanne?

SUZANNE.

Madame, je suis aussi étonnée que vous... on vient... nous allons sûrement savoir...

SCÈNE XII.

ERNESTINE, AMELIE, M. DE SAINT-CERAN, Mᵐᵉ. DE BELLEMARRE, SUZANNE, GASPARD, EDOUARD, *caché.*

GASPARD, *avec sa lanterne.*

Je l'avais bien prévu, moi, que c'maudit cheval qui boitait ..

MAD. DE BELLEMARRE, *à Ernestine.*

Comment vous trouvez-vous, madame?

ERNESTINE, *gaîment.*

Très-bien, j'ai eu plus de peur que de mal.

LE COLONEL.

Je suis enchanté de l'accident, car convenez, madame, que vous étiez partie bien courroucée contre moi, et que vous m'avez cru capable de manquer à ma parole.

ERNESTINE.

Quant à cela, monsieur, convenez aussi, que vous êtes un peu sujet à caution.

LE COLONEL.

Jamais!.. je serais venu à minuit, plutôt que de vous laisser, en cette occasion, le moindre doute sur la sincérité de mes promesses.

ERNESTINE.

Cela me raccommode avec vous, et je tiendrai mes engagemens, puisque vous avez rempli les vôtres. (*Elle montre le paquet cacheté que lui a remis le Colonel*).

LE COLONEL.

Ah! vous me comblez de joie!... Hâtez donc le jour heureux...

ERNESTINE.

Un moment!.. J'y mets encore une petite condition.

LE COLONEL.

Craignez-vous que madame de Fervac...

ERNESTINE.

Non, non, il ne s'agit plus de l'inquiétude que peut causer une rivale, mais du bonheur de mon amie. (*Elle tend la main à Amélie*).

AMÉLIE, *bas à Ernestine.*

Il est là...

ERNESTINE, *bas.*

Laisse-moi faire. (*Haut, au colonel*). Pourrais-je être heureuse, et savoir Amélie dans la tristesse? Depuis deux mois éloignée de son mari...

LE COLONEL, *bas et à part.*

Nous y voilà.

ERNESTINE.

Elle attendait son retour avec une impatience...

LE COLONEL.

Bien naturelle sans doute... et je prévois ce que vous m'allez demander.

ERNESTINE.

Un congé de quinze jours pour le capitaine Édouard.

LE COLONEL.

C'est de toute impossibilité, madame, j'en suis fâché, mais les ordres du général sont si positifs...

ERNESTINE.

Mais un colonel est bien aussi quelque chose, et vous pouvez...

LE COLONEL.

Non, madame, pour ce qui regarde le service, je suis, je dois être inflexible !

ERNESTINE.

Mais enfin, monsieur, si Édouard était malade, il faudrait bien...

LE COLONEL.

Oh! c'est différent cela, madame.

ERNESTINE.

Air : *Vaudeville de la vallée de Barcelonnette.*

Eh bien, monsieur, dans ce moment,
Il est fort mal, je vous l'assure.

LE COLONEL.

Non, non, vous vous trompez...

ERNESTINE.

Comment?

J'en ai la preuve sûre !

Amélie.   6

LE COLONEL.

Vraiment?

ERNESTINE.

J'en ai la preuve sûre.

LE COLONEL.

Oh! d'après cette preuve là,
Je me tais...

ERNESTINE.

Je vous le conseille.

LE COLONEL, *avec malice, en montrant Amélie.*

Madame pourtant vous dira
Qu'il se porte à merveille! (*bis*).

ERNESTINE, *à part à Amélie.*

Soupçonnerait-il...

LE COLONEL.

En doutez vous encore, madame?.. (*Il va vers la porte
de la chambre à coucher*). Capitaine Edouard, avancez à
l'ordre.

ÉDOUARD, *paraissant.*

Présent!.. mon colonel...

ERNESTINE.

Allons, allons, vous saviez...

LE COLONEL.

Je sais tout, moi, madame.

ERNESTINE.

Vous riez, mais...

LE COLONEL.

Non, madame, ceci est très-sérieux.

Air : *De Doche.*

De son devoir Édouard s'est écarté,
Vous compteriez en vain sur l'indulgence,
Il est coupable et ma sévérité,
Doit éclater en cette circonstance;
Il faut que nos lois aient leur cours,
Sa faute est trop digne de blâme!..
Il gardera les arrêts quinze jours..
Près de sa femme¹ (*bis*).

ÉDOUARD, *vivement.*

Ah! mon colonel, je n'y manquerai pas. (*Il embrasse
Amélie*).

AMÉLIE, *remerciant le colonel.*

Monsieur?..

ERNESTINE, *à Edouard.*

Quinze jours d'arrêts! bien des maris trouveraient la punition trop forte ; mais j'espère que vous ne vous en plaindrez pas.

LE COLONEL.

Mon cher Edouard, si vous m'aviez prévenu de votre rendez-vous, je vous aurais prévenu du mien ; en nous concertant mieux, du moins nous eussions épargné à madame beaucoup de peine et d'inquiétude.

ÉDOUARD.

En effet, je suis encore à concevoir pourquoi Amélie.

LE COLONEL, *riant*.

Oh! nous vous conterons tout cela.

ERNESTINE, *à Edouard*.

J'épouse monsieur de Saint-Céran ; j'espère, monsieur le jaloux, que vous ne tiendrez plus votre femme cachée au fond du Nivernais.

AMÉLIE.

Oh! non... je ne quittte plus Edouard.

ERNESTINE.

Et tu feras bien. Souviens-toi de mes conseils.

VAUDEVILLE.

LE COLONEL.

Air : *Vaudeville de Farinelli.*

Ma vie est bien un vrai roman,
Qu'on peut intituler *folie*,
Il n'a ni conduite, ni plan,
Mais du moins l'intrigue varie.
Par maint épisode souvent,
J'ai su justifier mon titre .. (*bis*).
Comme il faut un dénouement,
L'hymen est mon dernier chāpitre.

ERNESTINE.

L'amateur d'opéra-buffa,
Dédaigne l'opéra-comique,
Les noms en *i*, les noms en *a*,
Sont les seuls dieux de la musique!
Pour nous convaincre, il n'a, dit-on,
Que *Rossini* sur son pupitre.. (*bis*).
Mais *Boyeldieu*, *Kreutzer*, *Berton*,
Par bonheur ont voix au chapitre.

MAD. DE BELLEMARRE.

La fureur de certaines gens,
Vrai, quelquefois m'impatiente!

Je n'ai que cinquante-trois ans...
Ils veulent m'en donner soixante.
Sur mon âge, dans tous les cas ,
On peut consulter le registre... (*bis*).

Oh ! mais !.

C'est qu'une femme n'aime pas
A plaisanter sur ce chapitre.

ÉDOUARD.

Bien des gens n'ont pas vu le feu ,
Et leur parler de notre gloire ,
C'est vraiment leur parler héb eu.
Ils s'obstinent à n'en rien croire,
Taisons-nous donc à notre tour ,
Le temps est un plus juste arbitre. (*bis*).
Sur son burin l'histoire un jour,
Gravera ce fameux chapitre.

LE COLONEL.

De Rabelais le souvenir ,
Excite encor mainte saillie ,
On se rappelle avec plaisir,
Sa joyeuse philosophie.
Il fut chanoine de Saint-Maur,
Et digne d'en porter le titre (*bis*).
Il buvait bien , il mangeait fort !..
C'était le plus gras du chapitre.

GASPARD , *à Suzanne.*

Je suis, vous l' savez , bon garçon ,
Ah ! si vous le vouliez , mam'selle,
J' vous épous'rais , là, sans façon ,
Et j' vous réponds que j' s'rais fidèle.

SUZANNE.

Oh ! très-fidèle assurément !
On peut le dire à juste titre ,
Je serais , en vous épousant ,
Fort tranquille sur ce chapitre.

AMÉLIE , *au Public.*

Ce soir , j'ai souffert cons amment ,
Des contrariétés sans nombre ,
De la critique en ce moment,
Nous redoutons le regard sombre.
L'auteur, comblé de vos bontés ,
Vous ferait une belle épitre , (*bis*).
Si de nos contrariétés,
Vous n'augmentez pas le chapitre.

F I N.